獻給親愛的女兒妮娜，
這本書的靈感來自她的提問。

吉昂盧卡，謝謝你的大力幫忙，
也謝謝柯絲汀對我持續不斷的鼓勵。

哦幾哩
　哦幾哩 呱啦
哦幾哩哦幾哩……呱啦
　　呱啦呱啦。

爸爸！別把話說光了

文圖 費里希妲‧薩拉

翻譯 陳信宏

爸ㄅㄚˋㄅㄚˋ？

嗯ㄣˊㄏㄥ˙？

如果你把話都說光了怎麼辦？
那樣你還有話可以對我說嗎？

別傻了！
我的話永遠不可能說光！

如果
真的
說光了，
該怎麼辦？

如果真的是那樣的話……

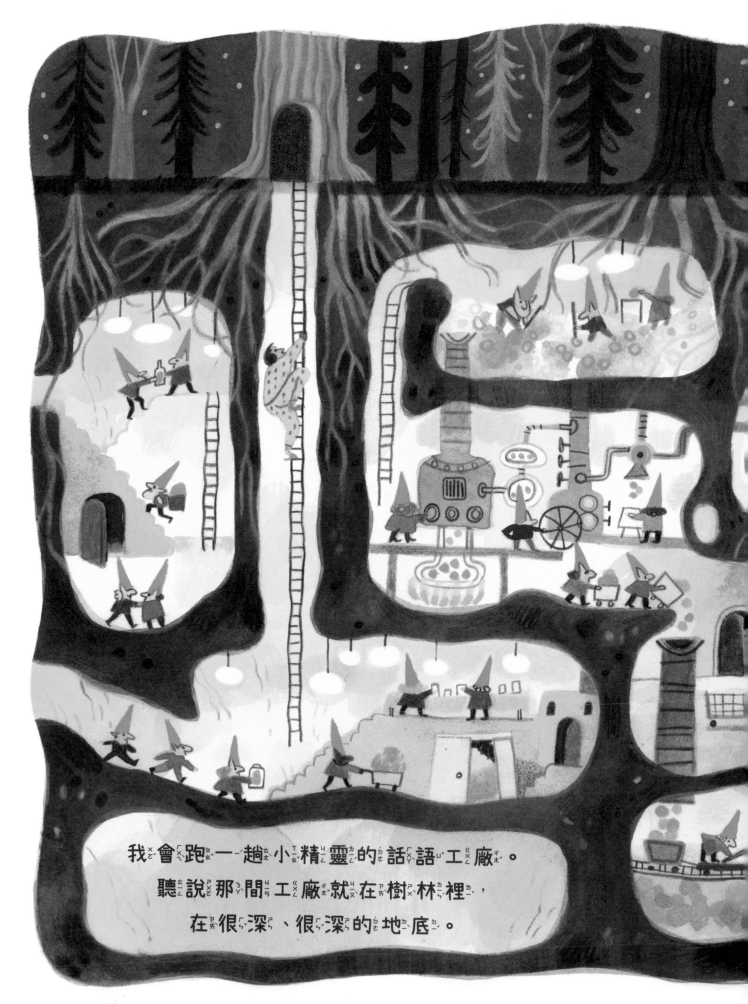

我會跑一趟小精靈的話語工廠。
聽說那間工廠就在樹林裡，
在很深、很深的地底。

閒聊

說不光的話

法語　　義大利語　　日本語

笑話　　老爸笑話　　死掉的語言

哲學語言　　科學語言

秘密話語實驗室

胡說八道

然後我會買一瓶「說不光的話」，
這樣我的話就永遠不會說光。

那ㄋㄚˋ……

如ㄖㄨˊ果ㄍㄨㄛˇ……

如ㄖㄨˊ果ㄍㄨㄛˇ樹ㄕㄨˋ林ㄌㄧㄣˊ裡ㄌㄧˇ面ㄇㄧㄢˋ很ㄏㄣˇ暗ㄢˋ，
你ㄋㄧˇ找ㄓㄠˇ不ㄅㄨˋ到ㄉㄠˋ回ㄏㄨㄟˊ家ㄐㄧㄚ的ㄉㄜ路ㄌㄨˋ怎ㄗㄣˇ麼ㄇㄜ辦ㄅㄢˋ？

如果找不到回家的路，
我就會爬上巨型貓頭鷹住的樹，
因為那是樹林裡最高的樹，
然後找出你點亮的那盞燈。

如果那隻巨型貓頭鷹抓住你，
把你帶去很遠的地方怎麼辦？

那ㄋㄚˋ我ㄨㄛˇ就ㄐㄧㄡˋ建ㄐㄧㄢˋ造ㄗㄠˋ出ㄔㄨ一ㄧ艘ㄙㄡ火ㄏㄨㄛˇ箭ㄐㄧㄢˋ，
立ㄌㄧˋ刻ㄎㄜˋ飛ㄈㄟ回ㄏㄨㄟˊ家ㄐㄧㄚ。

如果火箭壞掉了怎麼辦？

如果火箭壞掉了，
我就去找全宇宙最聰明的科學家，
請他們把我瞬間傳送回地球。

如果那些科學家怪怪的，
把你傳送到海底怎麼辦？

那我就會想辦法回到海面，
等待救援。

如果救援船太小了呢？

如果船太小，我就把自己縮小，再跳上船。

如果船上都是壞人，
他們決定把你抓起來當成俘虜怎麼辦？

那我就會變成全世界最強壯的人，然後掙脫束縛。

再把那些可惡的壞蛋都趕下船──換我自己當船長！

然後，我會日日夜夜不停航行，直到找到回家的路。

如果航行的時間太久，
久到你忘記我了怎麼辦？

我絕對不會忘記你！

如果你忘了呢？

親愛的女兒，那種事，

絕對……

不可能發生！

所以，你對我永遠不可能把話說光嗎？

永遠不會。尤其是這三個字……

國家圖書館出版品預行編目 (CIP) 資料

爸爸！別把話說光了/費里希妲‧薩拉 (Felicita Sala)
文‧圖；陳信宏翻譯. -- 第一版. -- 臺北市：親子天
下股份有限公司, 2024.08
46面；21.6x26.7公分. -- (繪本)
國語注音
譯自 : If you run out of words
ISBN 978-626-305-991-7 (精裝)

1.SHTB：親情--3-6歲幼兒讀物

874.599   113008479

繪本 0364

爸爸！別把話說光了

文圖｜費里希妲‧薩拉　翻譯｜陳信宏　責任編輯｜謝宗穎　美術設計｜林子晴　行銷企劃｜高嘉吟

天下雜誌群創辦人｜殷允芃　董事長兼執行長｜何琦瑜

媒體暨產品事業群　總經理｜游玉雪　副總經理｜林彥傑　總編輯｜林欣靜　行銷總監｜林育菁　副總監｜蔡忠琦　版權主任｜何晨瑋、黃微真

出版者｜親子天下股份有限公司　地址｜台北市 104 建國北路一段 96 號 4 樓　電話｜（02）2509-2800　傳真｜（02）2509-2462　網址｜www.parenting.com.tw
讀者服務專線｜（02）2662-0332　週一～週五：09:00~17:30　傳真｜（02）2662-6048　客服信箱｜parenting@cw.com.tw
法律顧問｜台英國際商務法律事務所‧羅明通律師　製版印刷｜中原造像股份有限公司　總經銷｜大和圖書有限公司　電話：（02）8990-2588

出版日期｜2024 年 8 月第一版第一次印行　定價｜380 元　書號｜BKKP0364P　ISBN｜978-626-305-991-7（精裝）

訂購服務
親子天下 Shopping｜shopping.parenting.com.tw　海外‧大量訂購｜parenting@cw.com.tw
書香花園｜台北市建國北路二段 6 巷 11 號　電話（02）2506-1635　劃撥帳號｜50331356　親子天下股份有限公司

立即購買 >